KB073250

열두 개의 달 시화집
九月.
오늘도 가을바람은 그냥 붑니다

열두 개의 달 시화집
九月.
오늘도 가을바람은 그냥 붑니다

윤동주 외 지음
카미유 피사로 그림

저녁달
고양이

■ 일러두기
시인 고유의 필치(筆致)를 살리기 위해 표기와 맞춤법은 되도록 초판본을 따랐습니다.

구월 구일에
아! 약이라 먹는 노란 국화꽃이
집 안에 피니 초가집이 고요하구나.

_고려가요 '동동' 중 九月

차
례

소년

윤동주

여기저기서 단풍잎 같은 슬픈 가을이 뚝뚝 떨어진다. 단풍잎 떨어져 나온 자리마다 봄을 마련해 놓고 나뭇가지 위에 하늘이 펼쳐 있다. 가만히 하늘을 들여다보려면 눈썹에 파란 물감이 든다. 두 손으로 따뜻한 볼을 쓸어보면 손바닥에도 파란 물감이 묻어난다. 다시 손바닥을 들여다본다. 손금에는 맑은 강물이 흐르고, 맑은 강물이 흐르고, 강물 속에는 사랑처럼 슬픈 얼굴—아름다운 순이의 얼굴이 어린다. 소년은 황홀히 눈을 감아 본다. 그래도 맑은 강물은 흘러 사랑처럼 슬픈 얼굴—아름다운 순이의 얼굴은 어린다.

코스모스

윤동주

청초(淸楚)한 코스모스는
오직 하나인 나의 아가씨,

달빛이 싸늘히 추운 밤이면
옛 소녀(少女)가 못 견디게 그리워
코스모스 핀 정원(庭園)으로 찾아간다.

코스모스는
귀또리 울음에도 수줍어지고,

코스모스 앞에선 나는
어렸을 적처럼 부끄러워지나니,

내 마음은 코스모스의 마음이오
코스모스의 마음은 내 마음이다.

가을날

라이너 마리아 릴케

주여, 때가 왔습니다. 여름은 참으로 위대했습니다.
당신의 그림자를 태양 시계 위에 던져 주시고,
들판에 바람을 풀어놓아 주소서.

마지막 열매들이 탐스럽게 무르익도록 명해 주시고,
그들에게 이틀만 더 남국의 나날을 베풀어 주소서,
열매들이 무르익도록 재촉해 주시고,
무거운 포도송이에 마지막 감미로움이 깃들이게 해 주소서.

지금 집 없는 사람은, 이제 집을 지을 수 없습니다.
지금 홀로 있는 사람은 오래오래 그러할 것입니다.
깨어서, 책을 읽고, 길고 긴 편지를 쓰고,
나뭇잎이 굴러갈 때면, 불안스레
가로수길을 이리저리 소요할 것입니다.

Herbsttag

Rainer Maria Rilke

Herr, es ist Zeit. Der Sommer war sehr groß.
Leg deinen Schatten auf die Sonnenuhren,
und auf den Fluren lass die Winde los.

Befiehl den letzten Früchten, voll zu sein;
gib ihnen noch zwei südlichere Tage,
dränge sie zur Vollendung hin, und jage
die letzte Süße in den schweren Wein.

Wer jetzt kein Haus hat, baut sich keines mehr.
Wer jetzt allein ist, wird es lange bleiben,
wird wachen, lesen, lange Briefe schreiben
und wird in den Alleen hin und her
unruhig wandern, wenn die Blätter treiben.

그 여자(女子)

윤동주

四
日

함께 핀 꽃에 처음 익은 능금은
먼저 떨어졌습니다.

오늘도 가을바람은 그냥 붑니다.

길가에 떨어진 붉은 능금은
지나는 손님이 집어 갔습니다.

오늘 문득

강경애

가을이 오면은
내 고향 그리워
이 마음 단풍같이
빨개집니다.

오늘 문득 일어나는 생각에 이런 노래를 적어보았지요.

가을날

노천명

겹옷 사이로 스며드는 바람은
산산한 기운을 머금고…
드높아진 하늘은 비로 쓴 듯이 깨끗한
맑고도 고용한 아침-

예저기 흩어져 촉촉히 젖은
낙엽을 소리 없이 밟으며
허리띠 같은 길을 내놓고
풀밭에 들어 거닐어 보다

끊일락 다시 이어지는 벌레 소리
애연히 넘어가는 마디마디엔
제철의 아픔이 깃들였다.

곱게 물든 단풍 한 잎 따들고
이슬에 젖은 치맛자락 휩싸쥐며 돌아서니
머언 데 기차 소리가 맑다.

창(窓)

윤동주

쉬는 시간(時間)마다
나는 창(窓)녘으로 갑니다.

—창(窓)은 산 가르침.

이글이글 불을 피워주소,
이 방에 찬 것이 서럽습니다.

단풍잎 하나
맴도나 보니
아마도 자그마한 선풍(旋風)이 인 게외다.

그래도 싸느란 유리창에
햇살이 쨍쨍한 무렵,
상학종(上學鐘)이 울어만 싶습니다.

비둘기

八
日

안아보고 싶게 귀여운
산비둘기 일곱 마리
하늘 끝까지 보일 듯이 맑은 주일날 아침에
벼를 거두어 빼빼한 논에서
앞을 다투어 요를 주으며
어려운 이야기를 주고 받으오.

날씬한 두 나래로 조용한 공기를 흔들어
두 마리가 나오.
집에 새끼 생각이 나는 모양이오.

마음의 추락

박용철

천길 벼랑 끝에 사십도 넘어 기울은 몸
하는 수 없이 나는 거꾸러져 떨어진다
사랑아 너의 날개에 나를 업어 날아올라라.

막아섰던 높은 수문 갑자기 자취 없고
백척수(면) 차[百尺水(面) 差]를 내 감정은 막 쏟아진다
어느 때 네 정(情)의 수면이 나와 나란할 꺼나.

반려(班驢)

노천명

도무지 길들일 수 없는 내 나귀일래
오늘도 등을 쓸어 주며
노여운 눈물이 핑 돌았다.
그래도 너와 함께 가야 한다지…

밤이면 우는 네 울음을 듣는다.
내 마음을 받을 수 없는
네 슬픈 성격을 나도 운다.

고향

나는 북관(北關)에 혼자 앓아 누워서
어느 아침 의원(醫員)을 뵈이었다.
의원은 여래(如來) 같은 상을 하고
관공(關公)의 수염을 드리워서
먼 옛적 어느 나라 신선 같은데
새끼손톱 길게 돋은 손을 내어
묵묵하니 한참 맥을 짚더니
문득 물어 고향(故鄕)이 어데냐 한다
평안도 정주라는 곳이라 한즉
그러면 아무개 씨 고향이란다.
그러면 아무개 씨 아느냐 한즉
의원은 빙긋이 웃음을 띠고
막역지간(莫逆之間)이라며 수염을 쓴다.
나는 아버지로 섬기는 이라 한즉
의원(醫員)은 또다시 넌지시 웃고
말없이 팔을 잡아 맥을 보는데
손길이 따스하고 부드러워
고향도 아버지도 아버지의 친구도 다 있었다.

귀뚜라미와 나와

윤동주

귀뚜라미와 나와
잔디밭에서 이야기했다.

귀뜰귀뜰
귀뜰귀뜰

아무에게도 알으켜 주지 말고
우리 둘만 알자고 약속했다.

귀뜰귀뜰
귀뜰귀뜰

귀뚜라미와 나와
달 밝은 밤에 이야기했다.

아무 말 없네
손님도 주인도
흰 국화꽃도

ものいはず客と亭主(あるじ)と白菊(しらぎくと)

료타

이것은 인간의 위대한 일들이니

프랑시스 잠

이것은 인간의 위대한 일들이니
나무병에 우유를 담는 일,
꼿꼿하고 살갗을 찌르는 밀 이삭들을 따는 일,
신선한 오리나무 옆에서 암소들을 지키는 일,
숲의 자작나무들을 베는 일,
경쾌하게 흘러가는 시내 옆에서 버들가지를 꼬는 일,
어두운 벽난로와, 옴 오른 늙은 고양이와, 잠든 티티새와,
즐겁게 노는 어린 아이들 옆에서
낡은 구두를 수선하는 일,
한밤중 귀뚜라미들이 시끄럽게 울 때
처지는 소리를 내며 베틀을 짜는 일,
빵을 만들고, 포도주를 만드는 일,
정원에 양배추와 마늘을 심는 일,
그리고 따뜻한 달걀을 거두어들이는 일.

Ce Sont Les Travaux

Francis Jammes

Ce sont les travaux de l'homme qui sont grands :
celui qui met le lait dans les vases de bois,
celui qui cueille les épis de blé piquants et droits,
celui qui garde les vaches près des aulnes frais,
celui qui fait saigner les bouleaux des forêts,
celui qui tord, près des ruisseaux vifs, les osiers,
celui qui raccommode les vieux souliers
près d'un foyer obscur, d'un vieux chat galeux,
d'un merle qui dort et des enfants heureux ;
celui qui tisse et fait un bruit retombant,
lorsque à minuit les grillons chantent aigrement ;
celui qui fait le pain, celui qui fait le vin,
celui qui sème l'ail et les choux au jardin,
celui qui recueille les oeufs tièdes.

먼 후일

김소월

먼 훗날 당신이 찾으시면
그때에 내 말이 잊었노라

당신이 속으로 나무라면
무척 그리다가 잊었노라

그래도 당신이 나무라면
믿기지 않아서 잊었노라

오늘도 어제도 아니 잊고
먼 훗날 그때에 잊었노라

비오는 거리

저무는 거리에
가을 비가 나린다.

소리가 없다.

혼자 거닐며
옷을 적신다.

가로수 슬프지 않으냐
눈물을 흘린다.

가을밤

윤동주

굿은 비 나리는 가을밤
벌거숭이 그대로
잠자리에서 뛰쳐나와
마루에 쭈그리고 서서
아이ㄴ양 하고
쇠—— 오줌을 쏘오.

남쪽 하늘

제비는 두 나래를 가지었다.
시산한 가을날—

어머니의 젖가슴이 그리운
서리 나리는 저녁—
어린 영(靈)은 쪽나래의 향수를 타고
남쪽 하늘에 떠돌 뿐—

향수(鄕愁)

정지용

넓은 벌 동쪽 끝으로
옛이야기 지줄대는 실개천이 회돌아 나가고,
얼룩백이 황소가
해설피 금빛 게으른 울음을 우는 곳,

—— 그 곳이 참하 꿈엔들 잊힐리야.

질화로에 재가 식어지면
뷔인 밭에 밤바람 소리 말을 달리고,
엷은 조름에 겨운 늙으신 아버지가
짚벼개를 돋아 고이시는 곳,

—— 그 곳이 참하 꿈엔들 잊힐리야.

흙에서 자란 내 마음
파아란 하늘 빛이 그립어
함부로 쏜 활살을 찾으려
풀섶 이슬에 함추름 휘적시든 곳,

—— 그 곳이 참하 꿈엔늘 잊힐리야.

전설(傳說)바다에 춤추는 밤물결 같은
검은 귀밑머리 날리는 어린 누의와
아무러치도 않고 여쁠것도 없는
사철 발벗은 안해가
따가운 해ㅅ살을 등에 지고 이삭 줏던 곳,

──그 곳이 참하 꿈엔들 잊힐리야.

하늘에는 석근 별
알 수도 없는 모래성으로 발을 옮기고,
서리 까마귀 우지짖고 지나가는 초라한 집웅,
흐릿한 불빛에 돌아 앉어 도란 도란거리는 곳,

── 그 곳이 참하 꿈엔들 잊힐리야.

고향집 - 만주에서 부른

윤동주

헌 짚신짝 끄을고
나 여기 왜 왔노
두만강을 건너서
쓸쓸한 이 땅에

남쪽 하늘 저 밑에
따뜻한 내 고향
내 어머니 계신 곳
그리온 고향 집

벌레 우는 소리

이장희

밤마다 울던 저 벌레는
오늘도 마루 밑에서 울고 있네

저녁에 빛나는 냇물같이
벌레 우는 소리는 차고도 쓸쓸하여라

밤마다 마루 밑에서 우는 벌레소리에
내 마음 한없이 이끌리나니

중추명월에
다다미 위에 비친
솔 그림자여

明月(めいげつ)や畳(たたみ)の上に松の影

기카쿠

장날

노천명

대추밤을 돈사야 추석을 차렸다.
이십리를 걸어 열하룻장을 보러 떠나는 새벽
막내딸 이뿐이는 대추를 안 준다고 울었다.
절편 같은 반달이 싸리문 위에 돋고건
건너편 서낭당 사시나무 그림자가 무시무시한 저녁
나귀방울이 지껄이는 소리가 고개를 넘어 가까와지면
이뿐이보다 찹쌀개가 먼저 마중을 나갔다.

거리에서

달밤의 거리
광풍(狂風)이 휘날리는
북국(北國)의 거리
도시(都市)의 진주(眞珠)
전등(電燈)밑을 헤엄치는
조그만 인어(人魚) 나,
달과 전등에 비처
한몸에 둘셋의 그림자,
커졌다 작아졌다.

괴로움의 거리
회색(灰色)빛 밤거리를
걷고 있는 이 마음
선풍(旋風)이 일고 있네
외로우면서도
한 갈피 두 갈피
피어나는 마음의 그림자,
푸른 공상(空想)이
높아졌다 낮아졌다.

사개 틀린 고풍의 툇마루에

김영랑

사개 틀린 고풍의 툇마루에 없는 듯이 앉아
아직 떠오를 기척도 없는 달을 기다린다
아무런 생각없이
아무런 뜻없이

이제 저 감나무 그림자가
사뿐 한 치씩 옮아오고
이 마루 위에 빛깔의 방석이
보시시 깔리우면

나는 내 하나인 외론 벗
가냘픈 내 그림자와
말없이 몸짓 없이 서로 맞대고 있으려니
이 밤 옮기는 발짓이나 들려오리라

나의 집

김소월

들가에 떨어져 나가 앉은 메 기슭의
넓은 바다의 물가 뒤에,
나는 지으리, 나의 집을,
다시금 큰길을 앞에다 두고.
길로 지나가는 그 사람들은
제각금 떨어져서 혼자 가는 길.
하이얀 여울턱에 날은 저물 때.
나는 문간에 서서 기다리리
새벽 새가 울며 지새는 그늘로
세상은 희게, 또는 고요하게,
번쩍이며 오는 아침부터,
지나가는 길손을 눈여겨 보며,
그대인가고, 그대인가고.

어떤 일이나 마음에 간직하고 숨기는데도
어찌하여 눈물이 먼저 알아차릴까

何事も心に込めて忍ぶるを
いかで涙のまづ知りぬらん

시키부

오—매 단풍 들것네

김영랑

'오매 단풍 들 것네'
장광에 골불은 감닙 날러오아
누이는 놀란 듯이 치어다보며
'오매 단풍 들 것네'

추석이 내일모레 기둘리니
바람이 자지어서 걱정이리
누이의 마음아 나를 보아라
'오매 단풍 들 것네'

한동안 너를

고석규

한동안 너를 기다리며
목이 마르고 가슴이 쓰렸다.

가을의 처량한 달빛이
너를 기다리던 혼(魂)을 앗아가고

형적없는 내 그림자
바람에 떴다.

한동안 너를 품에 안은 일은
그 따스한 불꽃이 스며

하염없이 날음치던
우리들 자리가 화려하던 무렵

그리다 그날은 저물어 버려
우리는 솔솔이 눈물을 안고

가슴이 까맣게 닫히는 문에
한동안 우리끼리 잊어야 하는 것을.

달을 잡고

창에 비친 달
그대가 남기고 간 웃음인가
밝았다 기우는 설움 버릴 곳 없어

눈을 감아도
그대는 가슴속에 나타나고
버리려 달 쳐다보면 눈물이 흘러

변함이 없을
그대 맘 저 달 아래 맹서 든 때
그 일은 풀 아래 우는 벌레 소린지

윤동주

尹東柱. 1917~1945. 일제강점기의 저항(항일)시인이자 독립운동가. 아명은 해환(海煥). 해처럼 빛나라는 뜻이다. 동생인 윤일주의 아명은 환(達煥)이다. 갓난아기 때 세상을 떠난 동생은 '별환'이다.

윤동주는 만주 북간도의 명동촌에서 태어났으며, 기독교인인 할아버지의 영향을 받았다. 1931년(14세)에 명동소학교를 졸업하고, 한때 중국인 관립학교인 대랍자 학교를 다니다 가족이 용정으로 이사하자 용정에 있는 은진중학교에 입학하였다. 1935년에 평양의 숭실중학교로 전학하였으나, 학교에 신사참배 문제가 발생하여 폐쇄당하고 말았다. 다시 용정에 있는 광명학원의 중학부로 편입하여 거기서 졸업하였다.

1941년에는 서울의 연희전문학교 문과를 졸업하고, 일본으로 건너가 도쿄에 있는 릿쿄대학 영문과에 입학하였다가, 다시 1942년, 도시샤 대학 영문과로 옮겼다. 학업 도중 귀향하려던 시점에 항일운동을 했다는 혐의로 일본 경찰에 체포되어(1943. 7), 2년형을 선고받고 후쿠오카 형무소에서 복역하였다. 그러나 복역 중 건강이 악화되어 1945년 2월에 생을 마감하고 말았다. 유해는 그의 고향 용정에 묻혔다. 한편, 그의 죽음에 관해서는 옥중에서 정체를 알 수 없는 주사를 정기적으로 맞은 결과이며, 이는 일제의 생체실험의 일환이었다는 주장도 제기되고 있다.

15세 때부터 시를 쓰기 시작하여 첫 작품으로 〈삶과 죽음〉〈초한대〉를 썼다. 발표 작품으로는 만주의 연길에서 발간된 《가톨릭 소년》지에 실린 동시 〈병아리〉(1936. 11) 〈빗자루〉(1936. 12) 〈오줌싸개 지도〉(1937. 1) 〈무얼 먹구사나〉(1937. 3) 〈거짓부리〉(1937. 10) 등이 있다. 연희전문학교 시절 작품으로는 《조선일보》에 발표한 산문 〈달을 쏘다〉, 교지 《문우》지에 게재된 〈자화상〉〈새로운 길〉이 있다. 그리고 그의 유작인 〈쉽게 쓰여진 시〉가 사후에 《경향신문》에 게재되기도 하였다(1946).

그의 절정기에 쓰인 작품들을 1941년 연희전문학교를 졸업하던 해에 《하늘과 바람과 별과 시》라는 제목으로 발간하려 하였으나 뜻을 이루지 못하였다. 그의 자필 유작 3부와 다른 작품들을 모아 친구 정병욱과 동생 윤일주가, 사후에 그의 뜻대로 1948년, 《하늘과 바람과 별과 시》라는 제목으로 출간했다.

29년의 짧은 생애를 살았지만 특유의 감수성과 삶에 대한 고뇌, 독립에 대한 소망이 서려 있는 작품들로 인해 대한민국 문학사에 길이 남은 전설적인 문인이다. 2017년 12월 30일, 탄생 100주년을 맞이했다.

백석

白石. 1912~1996. 일제 강점기와 조선민주주의인민공화국의 시인이자 소설가, 번역문학가이다. 본명은 백기행(白夔行)이며 본관은 수원(水原)이다. '白石(백석)'과 '白奭(백석)'

이라는 아호(雅號)가 있었으나, 작품에서는 거의 '白石(백석)'을 쓰고 있다.

평안북도 정주(定州) 출신. 오산고등보통학교를 마친 후, 일본에서 1934년 아오야마학원 전문부 영어사범과를 졸업하였다. 부친 백용삼과 모친 이봉우 사이의 3남 1녀 중 장남으로 출생했다. 부친은 우리나라 사진계의 초기인물로 《조선일보》의 사진반장을 지냈다. 모친 이봉우는 단양군수를 역임한 이양실의 딸로 소문에 의하면 기생 내지는 무당의 딸로 알려져 백석의 혼사에 결정적인 지장을 줄 정도로 당시로서는 심한 천대를 받던 천출의 소생으로 알려져 있다.

1930년 《조선일보》 신년현상문예에 1등으로 당선된 단편소설 〈그 모(母)와 아들〉로 등단했고, 몇 편의 산문과 번역소설을 내며 작가와 번역가로서 활동했다. 실제로는 시작(時作) 활동에 주력했으며, 1936년 1월 20일에는 그간 《조선일보》와 《조광(朝光)》에 발표한 7편의 시에, 새로 26편의 시를 더해 시집 《사슴》을 자비로 100권 출간했다. 이 무렵 기생 김진향을 만나 사랑에 빠졌고 이때 그녀에게 '자야(子夜)'라는 아호를 지어주었다. 이후 1948년 《학풍(學風)》 창간호(10월호)에 〈남신의주 유동 박시봉방(南新義州 柳洞 朴時逢方)〉을 내놓기까지 60여 편의 시를 여러 잡지와 신문, 시선집 등에 발표했으나, 분단 이후 북한에서의 활동은 정확히 알려진 것이 없다.

백석은 자신이 태어난 마을과 마을 사람들 그리고 주변 자연을 대상으로 시를 썼다. 작품에는 평안도 방언을 비롯하여 여러 지방의 사투리와 고어를 사용했으며 소박한 생활 모습과 철학적 단면이 시에 잘 드러나 있다. 그의 시는 한민족의 공동체적 친근성에 기반을 두었고 작품의 도처에는 고향의 부재에 대한 상실감이 담겨 있다.

정지용

鄭芝溶. 1902~1950. 대한민국의 대표적 서정 시인이다. 충청북도 옥천군 옥천면 하계리에서 한의사인 정태국과 정미하 사이에서 맏아들로 태어났다. 연못의 용이 하늘로 올라가는 태몽을 꾸었다고 하여 아명은 지룡(池龍)이라고 하였다. 당시 풍습에 따라 열두 살에 송재숙(宋在淑)과 결혼했으며, 1914년 아버지의 영향으로 로마 가톨릭에 입문하여 '방지거(方濟各, 프란치스코)'라는 세례명을 받았다. 정지용은 섬세하고 독특한 언어를 구사하며, 생생하고 선명한 대상 묘사에 특유의 빛을 발하는 시인이다. 한국현대시의 신경지를 열었다는 평가를 받고 있으며, 이상을 비롯하여 조지훈, 박목월 등과 같은 청록파 시인들을 등장시키기도 했다. 그는 휘문고보 재학 시절 《서광》 창간호에 소설 〈삼인〉을 발표하였으며, 일본 유학시절에는 대표작이 된 〈향수〉를 썼다. 1930년에 시문학 동인으로 본격적인 문단활동을 했고, 구인회를 결성하고, 문장지의 추천위원으로도 활동했다. 해방 이후에는 《경향신문》의 주간으로 일하며 대학에도 출강했는데, 이화여대에서는 라틴어와 한국어를, 서울대에서는 시경을 강의했다. 1950년 한국전쟁이 일어난 뒤에는 김기림, 박영희 등과 함께 서대문형무소에 수용되었다가, 이후 납북되었다가 사망하였다. 사망 장소와 시기는 정확히 확인되지 않았는데, 1953년 평양에서 사망했다고 알려져 있다.

주요 저서로는 《정지용 시집》《백록담》《지용문학독본》 등이 있다. 그의 고향 충북 옥천에서는 매년 5월에 지용제를 개최하고 있으며, 1989년부터는 시와 시학사에서 정지용문학상을 제정하여 매년 시상하고 있다.

김소월

金素月. 1902~1934. 일제 강점기의 시인. 본명은 김정식(金廷湜)이지만, 호인 소월(素月)로 더 널리 알려져 있다. 본관은 공주(公州)이며 1934년 12월 24일 평안북도 곽산 자택에서 33세 나이에 음독자살했다. 그는 서구 문학이 범람하던 시대에 민족 고유의 정서를 노래한 시인이라고 평가받고 서정적인 시로 오늘날까지도 많은 사랑을 받고 있다. 〈진달래꽃〉〈금잔디〉〈엄마야 누나야〉〈산유화〉 외 많은 명시를 남겼다. 한 평론가는 "그 왕성한 창작적 의욕과 그 작품의 전통적 가치를 고려해 볼 때, 1920년대에 있어서 천재라는 이름으로 불릴 수 있는 거의 유일한 시인이었음을 알 수 있다"고 평가했다.

노천명

盧天命. 1911~1957. 일제 강점기의 시인, 작가, 언론인이다. 본관은 풍천(豊川)이며, 황해도 장연군 출생이다. 아명은 노기선(盧基善)이나, 어릴 때 병으로 사경을 넘긴 뒤 개명하였다. 1930년 진명여학교를 졸업하고, 그해 이화여전 영문학과에 입학했다. 이화여전 재학 때인 1932년에 시 〈밤의 찬미〉〈포구의 밤〉 등을 발표했다. 그 후 〈눈 오는 밤〉〈망향〉 등 주로 애틋한 향수를 노래한 시들을 발표했다. 널리 애송된 그의 대표작 〈사슴〉으로 인해 '사슴의 시인'으로 불리기도 했다. 독신으로 살았던 그의 시에는 주로 개인적인 고독과 슬픔의 정서가 부드럽게 담겨 있다.

김영랑

金永郎. 1903~1950. 시인. 본관은 김해(金海). 본명은 김윤식(金允植). 영랑은 아호인데 《시문학(詩文學)》에 작품을 발표하면서부터 사용하기 시작하였다. 초기 시는 1935년 박용철에 의하여 발간된 《영랑시집》 초판의 수록시편들이 해당되는데, 여기서는 자연에 대한 깊은 애정이나 인생 태도에 있어서의 역정(逆情)·회의 같은 것은 찾아볼 수 없다. '슬픔'이나 '눈물'의 용어가 수없이 반복되면서 그 비애의식은 영탄이나 감상에 기울지 않고, '마음'의 내부로 향해져 정감의 극치를 이루고 있다. 그의 초기 시는 같은 시문학 동인인 정지용 시의 감각적 기교와 더불어 그 시대 한국 순수시의 극치를 보여주고 있다. 그러나 1940년을 전후하여 민족항일기 말기에 발표된 〈거문고〉〈독(毒)을 차고〉〈망각(忘却)〉〈묘비명(墓碑銘)〉 등 일련의 후기 시에서는 그 형태적인 변모와 함께 인생에 대한 깊은 회의와 '죽음'의 의식이 나타나 있다.

박용철

朴龍喆. 1904~1938. 시인. 문학평론가. 번역가. 전라남도 광산(지금의 광주광역시 광산구) 출신. 아호는 용아(龍兒). 배재고등보통학교를 거쳐 일본에서 수학하였다. 일본 유학 중 김영랑을 만나 1930년 《시문학》을 함께 창간하며 문학에 입문했다. 〈떠나가는 배〉 등 식민지의 설움을 드러낸 시로 이름을 알렸으나, 정작 그는 이데올로기나 모더니즘은 지양하고 대립하여 순수문학이라는 흐름을 이끌었다. 〈밤기차에 그대를 보내고〉〈싸늘한 이마〉〈비 내리는 날〉 등의 순수시를 발표하며 초기에는 시작 활동을 많이 했으나, 후에는 주로 극예술연구회의 회원으로 활동하면서 해외 시와 희곡을 번역하고 평론을 발표하는 활동을 하였다. 1938년 결핵으로 요절하여 생전에 자신의 작품집은 내지 못하였다.

이장희

李章熙. 1900~1929. 시인. 본명은 이양희(李樑熙), 아호는 고월(古月). 대구 출신. 1920년에 이장희(李樟熙)로 개명하였으나 필명으로 장희(章熙)를 사용한 것이 본명처럼 되었다. 문단의 교우 관계는 양주동·유엽·김영진·오상순·백기만·이상화 등 극히 제한되어 있었다. 세속적인 것을 싫어하여 고독하게 살다가 1929년 11월 대구 자택에서 음독 자살하였다. 이장희의 전 시편에 나타난 시적 특색은 섬세한 감각과 시각적 이미지, 그리고 계절의 변화에 따른 시적 소재의 선택에 있다. 대표작 〈봄은 고양이로다〉는 다분히 보들레르와 같은 발상법을 바탕으로 하고 있는데 '고양이'라는 한 사물이 예리한 감각으로 조형되어 생생한 감각미를 보이고 있다. 이 시는 작자의 순수지각(純粹知覺)에서 포착된 대상인 고양이를 통해서 봄이 주는 감각을 집약적으로 표현하고 있다. 1920년대 초반의 시단은 퇴폐주의·낭만주의·자연주의·상징주의 등 서구 문예사조에 온통 휩싸여 퇴폐성이나 감상성이 지나치게 노출되어 있었음에도 불구하고, 그의 시는 섬세한 감각과 이미지의 조형성을 보여주고 있다. 바로 뒤를 이어 활동한 정지용(鄭芝溶)과 함께 한국시사에서 새로운 시적 경지를 개척하였다.

고석규

高錫珪. 1932~1958. 시인이자 문학평론가. 함경남도 함흥 출생. 의사 고원식(高元植)의 외아들이다. 함흥에서 고등학교를 마치고 월남하여 6·25전쟁 때 자진입대했다. 부산대학교 문리과대학 국문학과를 거쳐 같은 대학원을 졸업하고, 강사로 있었다. 시뿐 아니라 참신한 평론가로서 주목을 받았으나 문학에 대한 열망으로 지나치게 몸을 혹사하여 26세의 젊은 나이에 심장마비로 생을 달리했다. 1953년의 평론 〈윤동주의 정신적 소묘(精神的素描)〉는 윤동주 시에 대한 최초의 연구로 평가되는데, 윤동주 시의 내면의식과 심상, 그리고 심미적 요소들을 일제 암흑기 극복을 위한 실존적 몸부림으로 파악하였다. 이는 윤동주 연구의 초석이라 평가되고 있다.

허민

許民. 1914~1943. 시인·소설가. 경남 사천 출신. 본명은 허종(許宗)이고, 민(民)은 필명이다. 허창호(許昌瑚), 일지(一枝), 곡천(谷泉) 등의 필명을 썼고, 법명으로 야천(野泉)이 있다. 허민의 시는 자유시를 중심으로 시조, 민요시, 동요, 노랫말에다 성가, 합창극에까지 이르는 다양한 갈래에 걸쳐 있다. 시의 제재는 산·마을·바다·강·호롱불·주막·물귀신·산신령 등 자연과 민속에 속하며, 주제는 막연한 소년기 정서에서부터 농촌을 중심으로 민족 현실에 대한 다채로운 깨달음과 질병(폐결핵)에 맞서 싸우는 한 개인의 실존적 고독 등을 표현하고 있다. 시 〈율화촌(栗花村)〉은 단순한 복고취미로서의 자연애호에서 벗어나 인정이 어우러진 안온한 농촌공동체를 형상화함으로써 시적 비전을 제시하고자 하였다.

이병각

李秉珏. 1918년 안동보통학교 입학, 1924년 서울로 상경하여 중동학교 입학했으나 1929년 광주학생사건에 연루 퇴학당했다. 1930년 일본에 머물렀으나 귀국하여 청년운동, 민중운동을 했다. 이병각은 카프가 해체된 시기인 1935~1936년부터 문단활동을 시작한다. 그러나 이른 죽음으로 문학적 성취를 이루어내지 못하였다.

강경애

姜敬愛. 1907~1943. 시인. 소설가. 하층민의 입장을 자세히 그렸고, 사회의식을 바탕으로 민족·민중·여성의 해방을 동시에 추구했다. 대표작으로 〈인간문제〉가 있다. 가난한 농민의 딸로 태어나 4세 때 아버지를 잃고, 7세 때 개가한 어머니를 따라 장연으로 갔다. 어린시절을 의붓형제들과의 원만하지 못한 분위기 속에서 외롭게 보냈다. 10세 때 초등학교에 들어가 신식 교육을 받았다. 이때부터 〈춘향전〉 〈장화홍련전〉 등의 고전소설을 닥치는 대로 읽고 마을 사람들에게 이야기해주었는데, 말솜씨가 뛰어나 '도토리 소설쟁이'라는 별명을 얻었다. 15세 때 의붓아버지마저 죽자 의붓형부의 도움으로 평양숭의여학교에 들어가 서양문학을 공부했다. 3학년 때 동맹휴학에 앞장섰다가 퇴학당했다. 퇴학 후 고향으로 돌아가 흥풍야학교를 세워 잠시 계몽운동을 하다가, 고향 선배인 양주동과 함께 서울로 올라와 금성사에서 동거하며 동덕여학교 3학년에 편입했다. 그러나 1년 후 다시 고향으로 돌아가 근우회 장연지부에서 활동했다. 1932년 장연군청에 근무하던 장하일과 혼인한 뒤, 만주로 건너가 남편은 동흥중학교 교사로 일했고 그녀는 소설을 썼다. 생활이 궁핍해지자 같은 해 고향으로 돌아왔다가, 1933년 다시 간도 용정으로 가서 소설창작에 전념했다. 만주에 있는 문학동인으로 이루어진 '북향'에 침여했고, 〈조선일보〉 간도지국장을 맡기도 했다. 1939~42년에 건강이 악화되어 귀국한 후, 창작 활동을 중단한 채 지내다가 37세의 나이로 사망했다.

라이너 마리아 릴케

Rainer Maria Rilke. 1874~1926. 독일의 시인. 보헤미아 프라하 출생. 로댕의 비서였던 것이 그의 예술에 큰 영향을 주었다. 아명(兒名)은 르네(René)이다. 1886~1890년까지 아버지의 뜻을 좇아 장크트 텐의 육군실과학교를 마치고 메리시 바이스키르헨의 육군 고등실과학교에 적을 두었으나, 시인적 소질이 풍부한데다가 병약한 릴케에게는 군사학교의 생활은 정신적으로나 육체적으로나 견디기 힘들었다. 1891년에 신병을 이유로 중퇴한 후, 20세 때인 1895년 프라하대학 문학부에 입학하여 문학수업을 하였고, 뮌헨으로 옮겨 간 이듬해인 1897년 루 안드레아스 살로메를 알게 되어 깊은 영향을 받았는데, 1899년과 1900년 2회에 걸쳐서 루 안드레아스 살로메와 함께 러시아를 여행한 것이 시인으로서 릴케의 새로운 출발을 촉진하였고, 그의 진면목을 펼치게 한 계기가 되었다. 1900년 8월 말 두 번째 러시아 여행에서 돌아온 뒤, 독일 보르프스베데로 화가 친구를 찾아갔다가 거기서 여류조각가 C. 베스토프를 알게 되었고, 이듬해 두 사람은 결혼했다. 1902년 8월 파리로 가서 조각가 로댕의 비서가 되어 한집에 기거하ᄆ면서 로댕 예술의 진수를 접한 것은 릴케의 예술에 커다란 영향을 주었다. 제1차세계대전 후 어느 문학 단체의 초청을 받아 스위스로 갔다가 그대로 거기서 영주하였다. 만년에는 셰르 근처의 산중에 있는 뮈조트의 성관(城館)에서 고독한 생활을 했다. 《두이노의 비가(Duineser Elegien)》나 《오르페우스에게 부치는 소네트(Sonnette an Orpheus)》 같은 대작이 여기에서 만들어졌다. 1926년 가을의 어느 날 그를 찾아온 이집트의 여자 친구를 위하여 장미꽃을 꺾다가 가시에 찔린 것이 화근이 되어 패혈증으로 고생하다가 그 해 12월 29일 51세를 일기로 생애를 마쳤다.

프랑시스 잠

Francis Jammes. 1868~1938. 투르네 출생. 상징파의 후기를 장식한 신고전파 프랑스 시인. 상징주의 말기의 퇴폐와 회삽(晦澁)한 상징파 속에서 이에 맞선 독자적인 경지를 열었다. A. 지드와의 북아프리카 알제리 여행과 약간의 파리 생활을 한 것을 빼면 일생 거의 전부를 자연 속에서 지내며 자연의 풍물을 종교적 애정을 가지고 순수하고 맑은 운율로 노래했다. S. 말라르메와 지드의 지지를 받았으며, 특히 지드와는 평생의 벗으로서 두 사람의 왕복 서한은 문학적으로 높이 평가되어 1948년에 간행되었다. 주요 시집으로 《새벽 종으로부터 저녁 종까지》(1898), 《프리물라의 슬픔》(1901), 《하늘의 빈터 Clairières dans le ciel》(1906) 등이 있고, 아름다운 목가적인 소설에 《클라라 델레뵈즈 Clara d'Ellébeuse》(1899)가 있다. 또, 1906년부터는 종교적인 작품을 많이 창작하였는데, 그 집대성이라고 말할 수 있는 《그리스도교의 농목시(農牧詩) Les Géorgiques chrétiennes》(1911~1912) 등이 있다. 주요 서서토 《그리스도교의 농목시》, 《새벽종으로부터 저녁 종까지》 등이 있다.

이즈미 시키부

和泉式部. 978~?. 무라사키 시키부, 세이 쇼나곤과 함께 헤이안 시대를 대표하는 3대 여류 문인으로 꼽힌다. 당대 최고의 스캔들메이커로 이름을 날렸고, 1,500여 수의 와카를 남겼다. 그녀의 와카들은 다양한 연애 경험을 토대로 사랑의 감정, 인생의 고뇌를 격렬하고 솔직하게 노래하며 인간 존재를 탐구했다. 이는 천황을 비롯해 귀족들이 사랑을 주제로 와카를 읊던 당시 유행과 감정 위주의 정서를 노래하던 문학적 풍토가 마련되어 있었던 덕분이기도 하다. 인간 내면의 열정과 감정을 보편적인 시어로 묘사한 그녀의 와카들은 천 년의 세월이 지난 오늘날까지도 널리 애송될 정도로 많은 사랑을 받고 있다.

오시마 료타

大島蓼太. 1718~1787. 에도 시대 의 하이쿠 시인. 본성은 요시카와. 마츠오 바쇼를 존경하여, 바쇼의 회귀를 주장하고 그 연구를 잇기 위해, 문하생을 3,000명 이상 양성했다. 마쓰오 부쇼 문학을 번창시키는 데 부손보다 더 큰 역할을 했다.

다카라이 기카쿠

榎本其角. 1661~1707. 에도 시대의 하이쿠 시인으로, 1673~1681년에 아버지의 소개로 마츠오 바쇼의 문하에 들어가 시를 배웠다. 초문십철(蕉門十哲)이라 불리는 바쇼의 열 명의 제자 중 첫 번째 제자이다. 바쇼와 달리 술을 좋아했고 작품은 화려했다. 구어체풍의 멋진 바람을 일으켰다.

카미유 피사로

Camille Pissarro. 1830~1903. 서인도제도의 세인트토머
스 섬 출생. 1855년 화가를 지망하여 파리로 나왔으며, 같
은 해 만국박람회의 미술전에서 코로의 작품에 감명받아
그로부터 풍경화에 전념했다. 1860년대 후반부터, 피사
로는 인상주의 화가들 사이에서 중요한 인물이 되었다. 그
는 주로 인상주의 화가들의 작품 전시에 도움을 주었으며,
폴 세잔과 폴 고갱에게 큰 영향을 미쳤는데, 이 두 화가는
활동 말기에 피사로가 그들의 '스승'이었다고 고백했다. 한
편, 피사로는 조르주 쇠라와 폴 시냐크의 점묘법 같은 다른 화가들의 아이디어에서도
영감을 얻었다. 또한 장 프랑수아 밀레와 오노레 도미에의 작품에 매우 감탄했다. 1870
년에서 1871년까지 치러진 프랑스와 프로이센 사이의 전쟁을 피해, 파리 북서쪽 교외에
상주하면서 질박(質朴)한 전원풍경을 연작하기 시작했으며, 1874년에 시작된 인상파그
룹전(展)에 참가한 이래 매회 계속하여 출품함으로써 인상파의 최연장자가 되었다. 말
년에 이르러 피사로는 인상주의 화가들이 명성을 얻게 되는 것을 목격했고, 후기 인상
주의 화가들은 피사로를 숭배했다. 1870년대에 피사로는 클로드 모네, 피에르 오귀스
트 르누아르, 알프레드 시슬레와 함께 작업하기도 했다. 눈병으로 야외에서 그림을 그
릴 수 없게 되었을 때는 파리에서 창밖으로 보이는 풍경들을 그렸다.

주요 작품으로 《붉은 지붕》(1877, 루브르미술관 소장) 《사과를 줍는 여인들》(1891) 《몽마
르트르의 거리》(1897) 《테아트르 프랑세즈광장》(1898) 《브뤼헤이 다리》(1903) 《자화상》
(1903) 등이 있다.

0-1
A Road in Louveciennes 1872

0-2
The Old Market at Rouen 1898

1
The Railway Bridge, Pontoise 1873

2
A Corner of the Garden at the Hermitage,
Pontoise, 1877

3-1
Sunset at St. Charles, Eragny 1891

3-2
L'Hermitage, Pontoise 1867

4-1
Young Woman Bathing Her Feet (also known as The Foot Bath) 1895

4-2
Bouquet Of Flowers 1873

4-3
Still Life Apples And Pears In A Round Basket 1872

5
Crossroads at l'Hermitage, Pontoise 1876

6
Entrance to the Village of Voisins, Yvelines, 1872

7
The Pont-Neuf 1902

8
View Towards Pontoise Prison, in Spring, 1881

9
Sunrise on the Sea 1883

10-1
Road in a Forest 1859

10-2
Jeanne in the Garden, Pontoise

10-3
The Path from Halage, Pontoise 1879

11
Self Portrait 1900

12
Girl with a Stick 1881

13
Chrysanthemums In a Chinese Vase 1873

14-1
Eugene Murer at His Pastry Oven 1877

14-2
Shoemakers 1878

15-1
Corner of the Garden in Eragny 1897

15-2
Barges on Pontoise 1872

15-3
Summer Fishing

16
Rue Saint Honore, Afternoon, Rain Effect 1897

17
The Mill at La Roche Goyon

18
The Marne at Chennevieres, 1864~1865

19-1
Picking Peas 1893

19-2
View Through a Window, Eragny, 1888

20
Little Bridge on the Voisne, Osny 1883

21
Red Roofs, Corner of a Village, Winter 1877

22
Landscape 1890

23-1
Young Peasant at Her Toilette 1888

23-2
Landscape

23-3
Potato Market, Boulevard des Fosses,
Pontoise 1882

24
The Boulevard Montmartre at Night, 1897

25
Landscape at Varengeville 1899

26-1
The Red House 1873

26-2
Jeanne Reading 1899

26-3
Old Chelsea Bridge, London 1871

27
Portrait of Felix Pissarro 1881

28-1
Hyde Park, London, 1890

28-2
Autumn, Poplars 1893

28-3
Autumn, Path through the Woods 1876

29
Portrait of Jeanne in a Pink Robe 1897

30
Portrait of Jeanne

열두 개의 달 시화집
九月.
오늘도 가을바람은 그냥 붑니다

초판 1쇄 발행 2018년 9월 15일
3쇄 발행 2021년 8월 23일

지은이 윤동주 외 16명
그린이 카미유 피사로
발행인 정수동
발행처 저녁달

출판등록 2017년 1월 17일 제406-2017-000009호
주소 경기도 파주시 문발로 142 니은빌딩 304호
전화 02-599-0625
팩스 02-6442-4625
이메일 moon5990625@gmail.com
인스타그램 @moon5990625
ISBN 979-11-963243-8-4 02810

값 9,800원